KB062091

숨 속의 숨

시작시인선 0495 숨 속의 숨

1판 1쇄 펴낸날 2024년 1월 12일
지은이 윤수하
펴낸이 이재무
기획위원 김춘식, 유성호, 이형권, 임지연, 차성환, 홍용희
책임편집 박예솔
편집디자인 민성돈, 김지웅, 정영아
펴낸곳 (주)천년의시작
등록번호 제301-2012-033호
등록일자 2006년 1월 10일
주소 (03132) 서울시 종로구 삼일대로32길 36 운현신화타워 502호
전화 02-723-8668
팩스 02-723-8630
블로그 blog.naver.com/poemsijak
이메일 poemsijak@hanmail.net

ISBN 978-89-6021-750-8 04810
978-89-6021-069-1 04810(세트)

값 11,000원

*본 도서는 (재)전라북도문화관광재단 2023년 지역문화예술육성지원사업에 선정되어 보조금을 지원받아 출간했습니다.

숨 속의 숨

윤수하

천년의 시작

시인의 말

마음은 브레이크가 고장 난 차다.
마음대로 멈출 수 없다.
마음을 마음대로 한다면 마음이 아니다.
마음 가는 대로

바람 부는 데로

2024년 1월
윤수하

차 례

제1부

제2부

제3부

제4부

해 설

제1부

재생의 비법

오래 쓴 날개가 무거워지고
발톱이 닳아지면 독수리는
늙은 승려처럼 깊은 바위산으로 들어간다.
너덜거리는 깃털을 다 뽑고
발톱도 뽑고
피를 철철 흘리며 있는 힘껏 다 뽑아낸다.
그런 작업은 아마도 생을 마감하는 것이리라,
풍장하듯 자기 몸을
오롯이 온 곳으로 돌려보내는 것이리라 싶지만

깊은 바위틈으로 들어간 독수리는
꽃이 피고
폭우가 쏟아지고
낙엽이 지고
눈이 쌓이는 계절 속에서
온몸을 웅크린다.
알처럼 동그란 몸은 마치
화석이 돼 버린 것 같다.

머지않아 몸 깊은 곳에서부터 끌어 올려진

자연에서 받은 영롱한 분자가
사리처럼 뭉쳐지고
핏줄 하나하나에 스며들고
돋아나는 기적을 체험한다.

선지자가 그러하듯
새롭게 눈부신 날개를 펼치고
날카롭게 돋아난 발톱을 곧추세우고
다시 태어난 순간의
공기를 호흡하며
고개를 들어 허공을 본다.

생명의 순환 속에서
살아남는 방법은
자신의 몸을 믿는 것이다.

거짓말

사람들은 여자의 말을 믿지 않았어. 여자는 정신병원에 갇혔어. 항상 창밖을 보았지. 핏줄이 보이는 가는 팔목에 그은 흉터가 어지러웠어. 약에 취해 있던 여자가 내게 말을 걸었어. 저기 걸어가는 아이가 보이냐고, 여자는 항상 출산의 고통에서 벗어나지 못했어. 아이를 낳고 또 낳았어. 그리고 아이를 잃고 또 잃었어.

빛의 산란 속에서 알을 낳는 물고기처럼 여자는 자꾸만 강물에 아이들을 흘려보냈어.

여자가 살았다던 섬마을을 찾았지. 파란 대문, 쓰러져 가는 먼지 쌓인 방에 여자와 아이들 사진이 있었어. 사진 속 아이들은 물고기처럼 빛나게 웃고 있었어. 엄마 없이 굶주린 아이들은 모두 별처럼 흩어졌다지.

정신병원에 살던 여자는 죽고 없었어. 아이들을 따라 강물로 스며들었어.

늙은 복서

체육관은 비가 샜고
빗물이 고이지 않은 곳은
먼지가 쌓였어.
가르칠 사람 없는 체육관에 앉은 복서
빛바랜 트로피에 새겨진
오래된 영광을 지그시 바라보고 있어.
탄탄하던 몸은 생선 뱃가죽만큼 출렁거리고
애인을 지키려 주먹을 휘둘러
수갑을 차고 가던 마지막 제자의
수인 번호가 기일 같아.
믹스커피를 마시며 하루를 없애.
기다릴 사람도 없는데
자리를 지키며 달력을 넘겨.
맥 빠진 주먹으로
낡은 성당의 깨진 종만큼
멍한 샌드백을 쳐 봐.
사람들은 그의 모습을 보지 못해.
그는 홀로 체육관에 남겨졌어.
문 닫지 못한 채
유령처럼 남겨졌어.

구부정한 그가 체육관을 닫아.

닫히지 않는 문을 닫았다 열었다 하는

그 시간 속에 남았어.

사진

북어처럼 말라 가는 엄마가
사진 한 장 들여다본다.
흑백 사진 속 수잔 헤이워드 같은 엄마
장가가서 좋아 웃는 아빠 옆에서 수줍다.
누렇게 탈색된 화면 속
앳되고 고운 얼굴
두 사람은 천사 같은 옷을 입고
거친 미래를 모른 채 붙잡혀 있다.
먼저 훨훨 떠나 늙지도 않는 아빠

시간 속에 흡수된
엄마의 눈물을
고스란히 내가 물려받았다.

웃는 여자

물방울무늬 원피스를 입은 여자가 깔깔깔
웃으며 말했다.
우리 아버지는 밭일하고 돌아오다가
고랑에 빠져서 죽었어요.
손뼉을 치며 웃었다.
술에 취해서 일어나지 못했대요.
눈에는 눈물이 고였는데 말이다.
여자는 숨넘어가게 웃으며 말했다.
사람들이 내가 안 웃으면 시집도 갈 수 있대요.
그런데 웃음이 멈추지를 않아요.
이 일을 어쩌죠.
저는 언제 시집가죠.
흰머리도 났는데요.
여자는 눈물을 줄줄 흘리며
하하하 웃었다.
이제 아이도 못 낳겠죠.
진하게 그린 아이라인이
처져서 흘러내렸다.

같이 웃을 수도
울 수도 없는 노릇이었다.

저 먼 곳

알코홀릭 남자는
끝에 항상 마천루 이야기를 했다.
어떤 스토리도 꼭 마천루로 끝났다.

먹을 때, 이야기할 때도
비눗방울 안에서 뻐끔거리는 것처럼
스스로 격리된 공간 안에 있었다.
실은 그가 사는 공간은
지금 이 공간이 아니다.
그의 실제는 늘 마천루에 있었으므로
볼펜을 코앞에 놓을 때도
멀리 던지는 것처럼
팔을 휘두르며 던지던 그는
어릴 때 아버지에게
고막이 터지도록 맞았다.
아물면 또 맞아서 터지고
또 맞아서 터지기를 반복했다고 한다.
그래서 어항에 갇힌 금붕어처럼 뻐끔거린다고.

공간에 갇힌 것이 아니라

상처에 갇혔다.

언젠가 그가

진짜 마천루에 가면 좋겠다.

꽃등

어느 무덥던 여름, 어두워질 때까지 수금 다니던 엄마가 남의 밭 가운데 쓰러졌어. 마흔넷에 혼자되어 탄가루 뒤집어쓰고 연탄 차 뒤에 타고 다니던 엄마. 외간 남자에게 손목이라도 잡히면 길 한가운데서 뺨따귀 후려갈기던 엄마. 그런 엄마가 의식을 잃고 한참 일어나지 못했대. 눈 뜨고 싶지 않은 깊은 휴식, 가라앉는 의식 속에서 무언가 반짝반짝 어른거리더래. 슬며시 눈을 떠 보니 보랏빛 하얀빛 도라지꽃이 환한 빛을 품고 고개 숙여 얼굴을 비추더래. '저것이 성모의 얼굴이구나' 생각했다나. 지금도 도라지꽃을 보면 신비롭고 고맙고 그렇다네. 설마 그랬을까 환상이었겠지. 집으로 돌아오고 싶어 꿈을 꾼 거겠지. 하지만 웬일인지 그 후 엄마의 뒷모습에 환한 빛이 묻어났지. 쓰디쓰게 뿌리내린 인생의 살덩이는 자식들에게 일용할 양식이 되었지. 자식들은 죄책감도 없이 엄마의 살을 뜯어 먹고 무럭무럭 자랐어. 그래, 어쩐지 살아 있는 것들은 나눠 줄 빛을 품고 생겨나는 것 같아.

글썽

저 언덕에 나무 한 그루
글썽거리고 서 있습니다.
나는 오래도록 그 모습을 못 잊어
한 번씩 가서 봅니다.
젖배 곯은 아이의 궁핍이
나무의 모습에 스몄습니다.
옷자락 차마 잡지 못하고 보낸 쓸쓸함도
나무의 그림자에 스몄습니다.
우주는 천천히 돌지만
못한 이야기를 다 들려줍니다.

벌레

전기 아낀다고 불 끄고 살던 산 중턱 오두막집, 아버지는 뒷간 갔다 오다 넘어져 즉사하고 어머니는 시름시름 앓다가 뒤따라갔지. 그는 전기를 마음껏 쓸 수 있는 시대를 만들자고 다짐했어. 자가발전 체계를 실행해서 손가락에 코일을 심고 정신으로 동력이 실현되는 시대를 만들자고 불철주야 연구에 매달렸어. 그때부터지. 신체가 변형되기 시작했어. 진학도 취업도 하지 않는 그를 사람들은 따돌렸어. 동네 아이들은 돌을 던졌어.

일생을 바쳐도 연구는 진전이 없었지. 도서관에서 먹고 자는 그의 몸에 딱딱한 껍데기가 뒤덮였어. 점점 따가워지는 눈초리와 돌팔매질에 대비해서. 눈 위에는 더듬이가 돋았어. 적군과 아군을 구별하기 위해서. 아군은 결코 없었지만. 아사 직전에 이르자 목숨 같은 책을 씹어 먹었어. 죽어서도 실험체로 굴려지다 포르말린에 절여졌어. 박물관에 진열되어 영원한 생을 영위하게 된 거지.

밤이면 그의 눈동자가 개똥벌레처럼 빛나는 걸 본 자가 있다는데 드디어 자가발전이 실현된 걸까. 뒷이야기는 다음 편에.

짙푸른

까마귀 떼가 하늘을 뒤덮는 것처럼
까마득한 풍경에 사로잡힐 때가 있다.
소용돌이치는 숲에
압도당할 때가 있다.
손끝 하나 움직일 수 없는 전율
휘몰아치는 바람을 따라
휩쓸리는 나뭇잎
내장의 펌프질처럼

어둠을 품은 녹음
우주를 삼킨 공허

톡

풀숲에서 풀무치 여치가 뛴다.

숲을 걸을 때마다 톡톡 뛰어 제 살길 찾아간다.

재미있어 자꾸 걷다 보니

해가 넘어간다.

지구가 재빨리 휙휙 넘어간다.

공간의 틀을 무너뜨리는 타임 리프

존재의 움직임은 거대하지 않고

연결 고리를 끊는 톡

톡의 힘

나는 후드득 늙는다.

허리가 꼬부라지고

다리가 휘휘 감긴다.

슬퍼할 겨를도 없이 내 주변이 허물어지고

건물이 들어서고

다시 휩쓸리고

셔터를 누르듯 공간이 변한다.

풀무치 여치가 짝발로 절뚝거리며

내 앞을 지난다.

믿기지 않아 더듬이를 잡는 순간

톡 끊어지고

투투 투 고무줄 튕겨지듯 다시 제자리로 돌아온다.

노을이 질락 말락 하는 시간으로 돌아온다.

뒤통수 긁으며 집에 간다.

풀무치 여치도 집에 간다.

기억을 지우는 세탁소

막내 일곱 살 때 엄마가 세상을 떴어. 일곱 형제는 별처럼 떠돌았어. 새엄마가 들어왔는데 제 배로 자식을 낳고는 마음이 변했지. 막내 중학교 입학식 때 외투가 없어서 군용 잠바를 입고 등교했어. 교련 선생이 조회 단상으로 불러 전교생 앞에서 귀싸대기를 후려쳤어. 큰형이 집에 와 보니 미치광이가 된 막내가 떨어진 군용 잠바만 걸친 채 산과 들을 떠돌고 있더래. 훗날 막내는 미국에서 세탁소를 차렸어. 때 묻은 옷, 피 묻은 옷, 가리지 않고 말끔하게 만드는 막내 앞에서 양코배기들은 원더풀을 연발했지. 밤이면 막내는 불 켜진 세탁소에서 새벽이 오도록 비뚤어진 선분을 바로잡기 위해 옷에 난 솔기를 모두 풀었다 박았다 해. 수십 년간 막내는 흔적을 지웠어. 새엄마랑 형들이랑 거지들이랑 하나씩 저세상에 갔는데 아직도 기억을 지우고 있어.

제2부

결국
—라이카에게

인간이라는 종족은 우주가 내려 준 지구라는 선물을 함부로 쓰다가 멸종됐다. 하느님을 닮았다는 인간의 형상을 찾기 위해 지구에 마지막으로 남은 생물체인 개의 DNA를 감식해 인간에 대한 기억을 되짚어 보니 인간은 마구 먹어 대고 남의 것을 탐내며 함부로 사랑하고 자신이 가진 것을 소중히 여기지 않았다. 말 못 하는 짐승들에게 사랑과 희생을 강요했다. 짐승으로서는 참 고역스럽고 부담스러운 일이지만 지구를 같이 쓰는 입장에서 받아들일 수밖에 없었다. 지구에서 마지막으로 남은 개는 종족 번식을 시도하는 외계인의 노력에도 불구하고 자웅동체가 될 수 없었다. 참 하느님은 교묘하게도 짝이 맞지 않으면 번식되지 못하도록 프로그래밍해 놓은 것이었다. 외계인은 개를 총살했다. 데이터베이스는 확보되었고 남아도 쓸모없는 이놈의 개가 자꾸 달을 보고 짖는 것이다. 외계인의 얇은 고막은 터졌고 와우로 갈아 끼우며 지구에 사는 종족은 스스로 화를 부르는구나……, 하고 한탄했다고 한다.

생의 궤적

셀 수 없는 달팽이들이
길로 나왔다가 죄다 밟힌다.
비 앞에서 오체투지를 하다가 몰살당한다.
쌀알처럼 작은 그것이
누룽지처럼 오도독 밟히는데
길에 그린 투명한 흔적.

빌면서 살아도 모자라는 판국인데
개미를 밟지 않고 어찌 흙을 밟으며
식물의 목을 치지 않고
어찌 연명할까.

살아 있는 것들은 모두 타자를 밟는다.
생을 유지하기 위해
생을 획득한다.
기어다니는 벌레의 입질처럼
나뭇잎에 번진 궤적처럼
죄로 그려진다.
그게 벌이다.

낭송의 변칙

시집을 내고 모인 자리에
검은 시스루 블라우스, 레이스 치마
꽃 달린 모자를 쓴 여인이 앉아 있다.
모 기관장 부인이라고 인사한 여인
낭독 상을 받았노라고
시집을 펼쳐 들고
잔뜩 서정적이며 잔뜩 부드러운
목소리로 낭송을 시작한다.

……그는 심장을 훔쳤다.
피가 뚝뚝 흐르는 심장
펄떡이는 혈관 사이
숨겨진 메시지……

당황이야 하든 말든
밥상에 육회가 놓여 있다.
참기름 흐르는 육회를 먹으며
흐뭇하게 웃는 그들은
피가 뚝뚝 흐르는 시를
안주 삼아 술을 마신다.

판화

남의 살을 파내
내 이야기를 새긴다.
살갗을 파다 보니
걸리는 것이 있다.

결대로 생기지 못하고
뭉쳐진 옹이
인연이 그러하리.
풀면 풀수록 엉키는 실타래

잘라 내려 하면
소멸될 것 같아서
겨우 매듭을 푸니
아무리 문질러도
묶였던 자리는 판판해지지 않고

그러나 어느 순간
매듭은
살 속에 뭉개지고
결에 스며든다.

상처를 뺀 이야기는
내가 아니다.

ㅋㅋㅋ

종말의 시간에 무엇을 할까 하다
커피를 마신다.
천지는 저무느라 보랏빛이다.

연필이란 연필은 다 부러지고
면도기는 수염을 깎을 수도 없고
할 일도 없고 벌 돈도 없는
멈춰진 시간 속에서
받을 대상도 없이 ㅋㅋㅋ 문자를 보낸다.

편의점 식탁에 먹다 만 라면 한 가닥
바닥에 떨어진 나무젓가락
피어오르는 김조차 공중에 갇히고
떨어뜨린 머리끈이 뱀처럼 꼬여 있고
문방구 앞 벌어진 뽑기 반지 통
금연 구역에 떨어진 담배
언덕을 내려오다 멈춘 차량
입 다물지 못한 폴더폰

대상의 시간이 블랙홀로 빨려 들어가

풀어 줄 술래도 없이
얼음이 됐는데
나만 남아
ㅋㅋㅋ 서명한다.

ZZZ

자면서 사람은 몸을 내려놓는다. 기관지는 허공과 접촉하는 통로다. 자는 동안 사람은 생각의 분자와 교류한다. 허공에 떠돌던 미세한 생각의 알갱이들이 호흡기를 통해 몸으로 퍼진다. 사람은 잘게 분쇄된 느낌을 통해 영감을 얻는다. 물질 분자만이 세상을 이룬다고 생각하면 오산이다. 뉴런이 반짝이는 순간 주고받는 전기 신호로 숭고한 체험이 이뤄진다. 대부분은 알아채지 못하지만, 극소수 감각이 뛰어난 사람들이 허공에 떠돌던 분자가 내 속으로 들어와 내가 되는 순간을 기억한다. 문자도 생각도 점으로 쪼개져 분해되는 숨 속의 숨, 자전과 공전과 공존하기 위한 나를 이루기 위한

갇힌 말

아이는 은어를 쓴다.
도무지 알아들을 수가 없다.
아무리 나이를 먹어도 말을 배우지 못한다.
뭐라고 속으로 중얼거리면
냉큼 옷을 입혀 준다.
손을 잡고 어디든 떠난다.
은하계로 갈 수도 있을 것 같다.
몸 구석구석 별들이 묻어 있어서
밤이 되면 빛을 발하는 아이를 낳아
알아들을 수 없는 말들을 익혀야 했다.
아이의 은어는 어쩌면
정말 은어인지 모른다.
찰랑이는 말들은 꼬리를 달고
허공을 헤엄칠지 모른다.
나는 떨어지는 비늘을 받아 낸다.
아이는 크지 않고 있다.
아이의 시곗바늘은 멈췄다.
나는 늙어 가고 있다.
우리는 서로 멀어지고 있다.
내 속에서 꺼낸 알갱이가 점점 멀어지고 있다.

마자리 겨울 숲

기차가 서지 않는 남관역
뒷산 기슭 마자리
작은 동네
몇 년이고 쌓인 낙엽
파묻힌 동네
오랫동안 품고 다니던
귀퉁이 닳은 사진을 묻은 곳

오지 않는 사람을 기다리며 떨었던 저녁
찬 빗방울 사이로
빛을 뿜으며 오던 기차

기대를 저버린 약속
무너져 내린 희망
아무도 믿지 않으리라 다짐하면서

숲을 내려와 들어선 간판 없는 가게
난로 앞에 웅크리며 앉아
망각 같은 불 속에 기억을 던지고
목쉰 여자의 쓸쓸한 소주잔 옆에

또 한 개의 잔을 놓고
수없이 가슴을 비우며
말이 없어진 밤처럼
깊숙이 썩어 가던 숲처럼
그렇게 한 시절이 갔지.
나는 그때 죽었지.

기차도 서지 않는
마자리, 겨울 숲.

연두의 진화

채집통 속에서 여치가 죽었다.
베란다 담배꽁초 더미에 던져진 여치

벽돌 틈 고인 흙에서 비집고 나온
작은 풀이 여치를 닮았다.
손가락 끝에 느껴지는 연한 감촉

물상이 색을 잃었다.
나는 연두 앞에 무릎 꿇었다.
색의 힘, 힘의 격차에
피가 빨려 들어가는 것 같았다.
흑백 화면 속에서 오로지
연두만 쨍하니 남았다.

의식을 잃었다.
거대한 여치가 되었다.
살해 현장을 피해 폴짝 뛰었다.
다리가 무참히 꺾였다.
공포는 평생을 거쳐 진화한다.

가위

갈대가 무성한 들에 서 있었다. 몸뚱이보다 큰 눈동자를 가진 댓잎 모양 벌레와 눈이 마주쳤다. 나는 물끄러미 벌레의 눈을 들여다보았다. 벌레의 눈은 점점 집어삼킬 듯 무섭게 커졌고 소용돌이쳤다. 모든 것은 되감기었다. 집도 사라졌고 내 아이들도 시간 속에 빨려 들어갔다. 공원에서 아버지의 손을 놓쳐 엉엉 울던 순간으로 되돌아갔다. 노을 지는 들판에 서서. 꿈속에서 꿈이면 좋겠다고 중얼거렸다.

동굴

어떤 인도 수학자는 평생
동굴 속에서 수를 셌다.
사람은 평생 수를 배운다.
수와 수 사이에 관계가 있고
관계를 맺는 점이 있고
또 그것을 쪼개는
촘촘한 간격이 있다.

운동장에서 날아오던
축구공에 대가리를 맞고
질질 울면서 집에 갈 확률
하늘을 처참하게 물들이는
노을이 생성되는 확률
고통은 마감이 없고
죽음은 풀지 못하는 실타래
비눗방울처럼 떠오르다가 터지는 절망
떨어지지 않으려
매달려 봤자 팔만 아프고

사람은 끝내

동굴 속에서 벗어날 수가 없다.
벗어날 확률은 0.0000000%다.
깊은 동굴에 메아리치는
0.0000000000

사람이 동굴이다.

속

마흔넷에 혼자된 엄마는
늘 속상하다고 하셨다.
그곳이 어디 붙어 있는지 모른다.
깊고 어두워서
헤어 나오지 못하고
축축하고
때로는 불구덩이가 되기도 한다.
알 수 없는 그곳이
생의 구렁텅이가 될 때
눈을 감으면
시속을 가늠할 수 없이 떨어지고
붙잡을 지푸라기 하나 없을 때
엄마는 베개를 뒤집고
베갯잇을 빠셨는데
눈물로 빤 베갯잇이
소금기가 많아서 그랬는지
어릴 적 꿈의 배경은
항상 바다였지.
가 본 적 없는 망망대해
엄마 속은 더 이상 헤아릴 수 없어

더 상하지도 않았는데
닳아 빠진 베갯잇 풀어진 실타래가
얽힌 인생 끊어지듯
다 끊어져 없어지고
엄마 인생도 다 닳아져 없어졌지.

죽음의 무도

아버지가 돌아가시자
형제들은 우물 속을 들여다보았지.
우물 어딘가에 넣어 두었다는 상자에는
타임캡슐이 들어 있었지만
그들의 욕심은 금기를 깨뜨렸어.

힘들게 들어낸 상자 속에
처음 접었던 종이비행기가 들어 있었어.
우는 척했지만 속으로 화났고
엄마 아빠 동생 멋대로 그린 피카소 그림 들어 있어서
우는 척하면서 속으로 화났고
처음 묶었던 방울 고무줄 들어 있어서
우는 척하면서 속으로 화났고
그들은 밤에 몰래 아버지 뼛가루가 든 항아리를 깨고 왔다는 거야.
이야기는 그렇게 끝이 났지만
왠지 우습지 않아.
뭘 기대했을까.

뭐 뼛조각 좀 있었다고 해도

항아리 깨졌다 해도

아니 해골바가지가 있었다고 해도

뼈들이 맞춰져 밤새 춤을 췄다 해도

아득한 그곳

몽골에서 살다 온 친구는
돌아온 지 십 년도 넘었는데
초원의 꿈을 꾼다.
안장 없이 달리던 말,
볼이 붉어져 말과 함께 뛰던
누런 이의 소년들
이 세상 것이 아닌 것 같던 무수히 많은 별 속에
우주가 쏟아지는 그 속에
시간이 흐르는 줄 모르고 살다 돌아오니
몇 달 안 되어 머리가 허옇게 새더라고
동굴 안에서 살다가
동굴 밖으로 나오니
반백이 되었다는 사람처럼

별이 내리는 마을에서는
아무도 늙지 않나 보다.

제3부

발레복이 걸린 거리
—아서 미첼

거울 앞에 서 있었어. 음악이 시작되면 투명한 날개옷을 입고 춤을 췄어. 공중을 날 듯 튀어 오르는 그는 땀에 젖었어. 그에게는 놀라운 능력이 있었어. 시간과 공간을 가둬서 구름과 태양이 멈추고, 길을 건던 사람도 한쪽 다리를 든 채 얼어붙고, 쏟아지던 커피도 허공에서 멈추고, 막 피어나던 꽃잎은 한 잎 열린 채 갇혔지. 하지만 머릿속에 쏟아지던 음표가 바닥나자 다시 그는 구두를 닦았어. 받침대에 한 발을 올린 채 껌을 씹던 남자는 거울처럼 빛나는 앞코에 계속 집중하는 그를 못마땅한 듯 내려다보았지. 수십 켤레의 구두를 닦은 뒤 그는 빵 한 봉지 사 들고 집을 향해. 수천 번도 더 오간 길 상가 쇼윈도에는 빛바랜 발레복이 걸려 있어.

벽의 숨
—핑크 플로이드

나는 건물 속에 있었고 그는 건물을 빠져나갔다.
혈관 속에서 혈액이 빠져나가듯
이어진 골목을 빠져나갔다.
나는 아직 건물을 벗어나지 못했다.
금 간 벽에 박힌 못처럼 내 발은 건물에 박혔다.
그는 물처럼 집요하고 고요하게 시간을 두고 그 간격만큼 기억을 지우며 골목을 흘러가고 있었다.
점점 건물에 먹혀들어 가는 나는 팔다리가 굳고
미세한 파란 호흡을 공기 중에 퍼뜨리며
골목의 중간을 빠져나가는 그가 흥얼거리는 콧노래
담벼락에 붙어 있던 고양이의 잠을 깨운다. 고양이는 기지개를 켠다.
시멘트처럼 굳은 내 몸에서 손가락부터 하나씩 떨어져나간다.
건물은 떨어진 손가락을 오독오독 씹어 삼킨다.
골목을 빠져나온 그는 펄럭이며 축제 무리로 스며들었다. 번쩍이는 관악기들은 길쭉해진 그의 몸뚱이를 꽂고 지중해로 떠났다.
나는 말라 가는 화분에 숨어 달팽이처럼 몸을 웅크렸다.
누군가 남은 커피를 부어 나를 먹여 살린다면 버려진 볼

펜 똥이라도 빨고 문자를 기억한다면
  나는 유리 면에 비치는 골목의 선을 따라 반복되고
  또 반복되겠지.
  벽으로 이루어진 건물
  벽으로 이루어진 몸
  벽으로 이루어진 입체
  해체되어 퍼지는 입자
  구름이 공중에 떠서 몸을 부풀리는 동안

시간의 겹
—르네 마그리트

공존하던 이들의 모습이
등불 꺼지는 것처럼
하나둘씩 희미해졌다.
어둑어둑한 저녁
갈 곳이 없어 울었다.
시간을 잃었고
공간은 자꾸만 땅으로 꺼져 갔다.
거대한 거미가
다가와 말을 건다.
순간 겹의 겹 속에 끼었다.
몸에 눌어붙는 시간을 떼어 내는데
전부 알 수 없는 기억들이다.
존재가 있었는지도 모르겠다.
거미는 거대한 발을 서서히 드러낸다.
세상으로 돌아왔으나
유리 속에 갇혔다.
부서진 유리 속에 갇혔던 존재들이
공중에 떠오르고 있다.
금 간 조각들 속에
태양이 하나씩 빛나고 있다.

백색 지대
—모리스 위트릴로

갈라진 회벽 사이로 애꾸눈 고양이가 나왔어. 하늘이 온통 보랏빛으로 물들어 가는데 이리저리 뛰는 바퀴벌레와 집을 찾지 못하는 주정뱅이들이 하루의 세상이 끝나는 것을 붙잡고 있었지. 누구도 모르는 언어를 지껄이는 이방인들이 모자를 벗어 날려. 챙에 맞아 피 흘리는 소녀 · 비명 지르는 까마귀 · 현기증 · 끝을 모르는 돌림노래 · 엄마를 찾을 수 없었지. 엄마는 안개처럼 도시에 스며들었지. 소낙비 오는 길에 누워 아침을 맞을 때 하수구 벌레들이 얼굴을 밟고 지날 때 버림받은 나는 사랑하는 이의 개를 죽였지. 애초에 선택받지 못한 삶이었어. 내 몸은 휘발성 물질이야. 언젠가 천사처럼 증발되어 버릴 거야. 투명한 알코올이 핏줄을 타고 흘러. 나는 색을 잃었어.

꿈과 끝
—커트 코베인

불편한 내면으로 들어오는
귓속 달팽이 길
신경에 불이 켜지고
새가 날며 깃 치는 소리까지
들을 수 있게 되었어.
거북이 등처럼 단단한 절망
이겨 낼 수 없던 질긴 나날들
어머니가 쓰다듬던 머리에
총알이 박혀.
뇌리에 번지는 낙뢰 같은 장면
푸른 날개 펼치던 쇠유리새
영감을 받아 굴리던 펜
어린 시절 사랑한 작은 소녀의 웃음
한낮에 쓰다듬던 개의 부드러운 숨결
운동장을 뛰고 난 후 먹던 달콤한 비스킷
시각과 후각과 미각이 모두
한꺼번에 열려
찬란했던 순간들이 번쩍거리는데
계절은 계속 반복되고
눈 뜨면 다시 시작되는 세상인데

나는 왜 생물들의 분자로 흩어져
돌아오려 했던 걸까.

먹구름
—장 미셸 바스키아

사람들이 손가락질하며 웃었다.
뭘 비웃는지도 모르고.
그를 지배한 먹구름은
점점 거대해져 갔다.
먹구름은 몸을 빵빵하게 채웠다.
그는 풍선처럼 부풀었다.
비웃던 사람들은 혐오스럽다며 도망쳤고
부푼 그의 몸은 빵 터져 버렸다.
그를 지배하던 검은 눈물은
꾸역꾸역 쏟아져
도시를 메우고
먹구름에 휩쓸린 사람들이 바다로 떠내려갔다.
엉켜 소리 지르는 덩어리가 무서워
갈매기도 혼비백산 도망갔다.
사람들은 입이 막혀 불분명한 목소리로
살려 달라 용서해 달라 외쳤지만

형체가 사라진 그는
그럴 수도 없었다.

나무 아래 하늘
—앙리 마티스

누군가는 나뭇가지가
하늘을 향해 난 길이라고 했지.
별을 향해 뻗는 손이라고 했지.
한숨의 갑옷을 겹쳐 입고
나무는 세상과 세상 사이 공간
우주의 메시지를 품는
하늘에서 내리는 번개를 품어
땅으로 보내는
죽은 인간을 하늘로 보내는
무의식 속에
햇빛을 전하는 그런 원기둥

몸과 꿈과 색
—에곤 실레

머릿속 엉킨 미로에 불이 켜지면
욕망의 그을음이 형체를 만든다.
관념을 입지 못한 나체의 사내가
타오르는 해변을 걷는다.
광란하는 햇살은 시각을 덮친다.
보랏빛 물방울이 흩뿌려지고
망각이 진행된다.
무감각의 바다가 펼쳐진다.
누군가 속삭인다.
영원을 향한 통로는 열려 있어.
입구를 찾을 수 없을 뿐이야.
광선의 가루가 된
존재가 바람에 실려 간다.
빛으로 이루어진 형체는 서서히 흘러내린다.
안구는 사라졌는데
살아남은 시각이 가혹하다.
기억의 실마리
타인의 이미지
검은 스타킹 위로 보이는
한 뼘 맨살

회청색 눈동자에 고이던 물기
결빙의 이데올로기
외로운 해골에 마거리트가 피어난다.
땅으로 스미는 통로
뱀처럼 꼬이는 시간
칼날이 되어
존재를 조각내고

계량
—프랜시스 베이컨

존재하는 것은 무엇이든 무게가 있다.
그동안 먹었던 탄수화물
지방 단백질 달달한 비스킷
쭈욱 늘어나는 치즈
삐질삐질 비지땀 흘리며
식감의 기억을 덜어 내려 애써 본다.
결국 생물은
나노 단위로 쪼개져 하늘로 돌아갈 뿐
환산할 수 없는 자괴감
지구는 하나라도 놓치지 않으려 불철주야 잡아당긴다.
살금살금 고양이 걸음으로
지구와 결별하는 생물체
더하고 빼는 순간에도
비집고 들어오는 비정한 욕망의 단위
눈금으로 계량하고
존재감을 저울질하지만
환산할 수 없는 중압감
살과 뼈 사이에 들어찬 바람
질겅질겅 씹힌 영혼
곱게 버려진 육신

바스러져 공기 중에 흩어진다.

추억이 뒤섞인다.

지상은 너무도 멀다.

영원의 통로
—빈센트 반 고흐

눈을 감자 몸은 다시 몸 안으로 들어갔어. 반복되며 지속되는 생의 흔적. 시끄러운 고함과 살을 에던 고통도 다 멎었어. 현기증 나는 세상에서 믿을 것은 나뿐이야. 태어나는 순간부터 타인의 악행에 시달리면서. 잡음이 가득한 공간 속에서 나는 누구를 위해 살아가야 해. 삐이, 소리가 고막을 더럽혀. 더듬거리는 눈은 태양의 정점에 초점을 맞춰. 어지러운 낮을 만드는 광선 속에서 모든 것이 태어나. 보랏빛 눈물이 망막에 흩어져. 지긋지긋하게 영혼을 갉아먹는 눈초리들. 행복은 어디서부터 시작되는 거야. 신이라는 존재는 누가 만드는 거야. 접히고 접힌 몸이 머릿속에 자리 잡았어. 분주히 뻗은 나뭇가지에 크리스마스 전구처럼 반짝이는 각성이. 감각으로 만들어진 내 몸이. 주먹을 불끈 쥔 분노가. 세상의 색을 빨아들여서 재생산하면서 탈출구를 만들었어. 모자이크처럼 흩어지는, 이미지로 만든 생이 다시 지표를 만들 때까지 길목에서 얌전히 기다리겠어. 먹이를 기다리는 개처럼. 그러면 시각이 만들어지고 밀밭이 불타오르는 나무가 휘감기는 하늘이 다시 내게로 돌아오겠지.

피부

관 짜는 김 씨는
뭉툭해진 손가락으로
손톱만 한 못을 고르며
무심히 그런 말을 했다.
틀은 한번 짜 놓으면
관과 같다고

그림자는 혼자 논다.
해의 각도에 따라
목이 떨어졌다,
붙었다 한다.
잘린 머리가 금 밖으로 구른다.
굴러나간 머리는 모서리에 멈춘다.
눈 없는 머리가 몸을 본다.
목 없는 그림자는 쪼그리고 앉아
개미가 실어 나르는 낡은 집을 본다.

아슬아슬 옷을 걸친 소녀들이
사각의 틀 안에서
정신없이 몸을 흔든다.

일렁이는 전파에 녹아 없어질 것 같다.

한번 뒤집어쓰면
벗을 수 없는 껍질
늑대인지 양인지 모르는 탈을 쓰고
무의식적으로 립스틱을 칠한다.
웃음이 칼이 될 수 있는
서러운 추억

손과 발은 기억대로 움직이고
눈은 학습한 대로 바라본다.
반짝이는 노을은
스스로 번졌다가 사라지지만
나를 움직이는 나는
나인가 내가 아닌가.

정체도 모르면서
나라고 생각한다.
나인 줄 알고 하루를 살며
나인 줄 알고 사랑하며

새로운 너와 나를 생산한다.
벗어날 수 없는 역사
벗어날 수 없는 생활
벗어날 수 없는 피부

유령도시

출근 버스에서
바람 풍선처럼 흔들린다.
산더미 같은 서류를 처리하고
퇴근하는 버스 안 유리창에 입김을 불어
동그라미를 그리고
그제야 마감되는 하루.

얇디얇은 종이가 손가락을 스쳐
숨어 있던 통증을 불러오고
심장 깊숙이 쌓아 둔 분노를 끌어낼 때까지

여자가 내지른 비명은
건물을 흔들고
유리창을 부수고
동화 속 맷돌처럼
끊임없는 눈물로 쏟아져
길을 뒤집었다.
건물을 흔들었다.
사소한 물질은
눌러 온 통증을 촉발해

눈물 폭발에 잠긴 도시

도시가 잠기자
새로운 도시를 만들어 낼
새로운 출근 버스가 운행되기 시작했다.
여자를 대체할 새로운 여자들이
유리창에 동그라미를 그리며 하루를 마감한다.

냄새의 반역

반복적으로 내리쬐는
태양 광선에 화상을 입은 듯
오래된 아파트는 페인트가 벗겨졌어.
벽면을 따라 흐르는
누군가 뱉은 니코틴 섞인 침이
직선을 그려. 자국을 남길 듯

너는 다정했지만, 냄새가 지독했어.
쓰레기 같은 너를
신문지에 싸서 버렸지.
짜장면 그릇에 뒤섞인
먹다 버린 단무지와 함께

화단에 붉은 제라늄
강렬한 존재로 눈을 찔러.
혈관을 뒤집는 냄새
그 R은 결코 흉내 낼 수 없어.
뇌 신경을 건드리는
평생의 악행을 떠올리게 하는 냄새.
히드라 촉수처럼 긴장해

딸꾹질이 나온다.

지독한 기억이 코를 점령한 후로
어떠한 냄새도 느낄 수 없어.

회전교차로

여자가 하늘에 뜬 생선 뱃가죽을 본다.
허공은 비린내로 가득 차고
여자는 침을 흘린다.

중절모를 만지작거리는 남자가
여자를 바라본다.
파인 옷에 파인 가슴팍
앙상한 목뼈가 드러나는 블라우스
녹아내릴 것 같은 몸
남자는 눈물을 흘린다.
여자의 목이
습기가 사라져 가는 자신 같다.

자전거 타고 지나는 소년은
길 끝에 다다를 때까지
둘을 바라본다.
소년의 땀이 먹을 수 없는 여자와 실행할 수 없는 남자를 적신다.
전봇대와 대문과 보도블록을 적신다. 담쟁이가 타고 오르는 담벼락을 적신다. 담벼락 위에서 자던 고양이의 수염도, 그 옆을 몰래 지나던 바퀴벌레도.

해가 져도 머물지 못해
허공을 떠도는 비린내
시선에 붙잡혀 빠져나오지 못하는 길목

시네마 인생人生

현금을 요 밑에 깔고 자던 할아버지가 등록금을 안 줘서 아버지는 단성사 쪽방에서 먹고 자며 대학을 다녔어. 그래서 명화극장 정영일 씨처럼 영화에 빠삭했어. 사일구 때 형사들에게 쫓기다 서당에 숨어 들어가 또 숙식 기거하며 먹을 갈아서 붓도 잘 다뤘어. 그러다 태풍처럼 몰아치는 운명에 쓰러져 오십도 안 돼서 풍이 왔어. 말도 어눌하고 글씨도 못 쓰게 됐는데 하얀 모시옷에 라이방 끼고 클래식 음악을 들었지. 사람은 살던 기억을 품고 죽는 거라고. 아마 지금도 구름 너머 어디서 라흐마니노프를 듣고 있을까. 나는 이렇게 번데기처럼 짠물에 절여지고 있는데. 세상에는 온통 고함지르는 사람들뿐인데. 막돼먹은 시나리오에 프레임 짜는 게 얼마나 힘든 일인데.

미로

사방이 가로막힌 가시 숲에 버려져
몸을 굶혀 가며 살길을 찾는다.
뛰었다가 걸었다가
어두워지는 길 속에 점점 스며들고
몸인지 길인지 모르게.
파란 허공에 걸린 달이 새파랗게 질렸다.
피에 젖어 떠는 몸은
절망도 죽음도 잊었다.
그제야 깨닫는다.

숲에 몸을 버려두고
나만 빠져나온다.

제4부

사물과의 이별

몇 년 동안 목에서 떼어 놓은 적 없던
목걸이를 풀어
손바닥에 올려놓고 들여다본다.
형상을 기억하듯 본능적으로

그러다가 무심코 그렇게
흔적도 없이 그것이 사라진다.
마치 원래 없었던 것처럼
문득 깨닫고
이 잡듯 뒤지지만
묵직한 존재감만 마음속에 자리 잡고

흙이든 쓰레기통이든
청소기 속이든
어딘가 흘러 들어가면
오랜 시간 동안 조금씩 녹아 가리.

사물이 그러하듯
내가 그러하듯

무의식의 꽃

현기증 속에서 나는
나를 찾을 수 없어.
손을 뻗어 잡으려 하면
뭉그러지는 형상
꽃은 사람으로
곰으로 사자로
개로
벽면 타일에 그려진
어지러운 형상
쏘아보면 조금씩 움직이는 형상
거울 속 나는 거울 속 나 거울 속 나 거울 속 나
마트료시카 인형처럼 켜켜이 숨은 나
껍질을 벗기고 또 벗겨도
어중간한 회색 지대에서
숭고함도 잔인함도 원초적 본능도 흉내 내는
내가
의식을 놓치는 순간
숨어 있던 사물은
존재를 차지해서
나는 꽃과

곰과 사자와 개와
섞인다.

,

싹틔울 날을 기다리는 문자 하나
꼬리가 달린 문자

졸다가 놓친 버스가
저만치서 숨 고르고
잡으려 하면 달아나고 잡으려 하면 달아나고
가수면 상태
주름진 가로등에 비치는
먼지 세포 몸이 낀 바람
쉬다가 쉬어 버린 사물

안구건조증이야.
울려고 해도 눈물이 나오질 않아.
체내에 흡수된 눈물이
꼬리 잘린 악상기호가
섞여서 공중에 떠다녀.

언 강바닥에 고개를 처박고 선 새처럼
몸을 웅크리고 기다려. 하염없이
눅눅한 몸

발효된 냄새
그래도 살아 있기에
온몸을 끌어올려 싹을 틔운다.
흙과 물 공기와 원소를 버무려
눈을 깜빡이며 기다린다.
마음은 그 자리에 있기에

입체주의

사람이라는 입체는
사물이 필요해
사물의 기억이 필요해
사람 하나가 죽으면
사물로 흩어져
세포로 분자로 원자로
무한의 시간으로
내 안에 들어왔다 사라진
많은 사물과 호흡과
땅에 스미고
감각이 사라지고
사라지는 공포는 아무것도 아니야
어둠에 갇히는 공포는 아무것도 아니야

잊는다는 건
잊힌다는 건
망각은 눈물은
세상에게 버려진다는 건

빈 곳

도망치듯 햇빛이 방으로 들어온다.
햇빛은 커피 냄새, 옷 냄새랑 섞였다.
사물의 원자와 공동의 공간을 소유하는 순간이다.
내 몸에 커피포트, 겉옷, 다리미가 들어오는 순간
바다처럼 출렁이는 공간에
낚싯바늘 던져 하나씩 끄집어냈더니
속이 텅 비었다.
각종 문자와 말이 차 있는 줄 알았는데
사물이 나가자 텅 비었다.
햇빛은 낮으로 돌아가며
나를 휩쓸어 갔다.
허공에 떠서
빈자리를 바라보았다.
나 없는 지구.

맹목

간판이 떨어져 가고
기둥 한쪽이 허물어지는 그런
외딴 약국에서
안약을 샀다.

한 방울이 각막을 지나
수정체를 지나
유리체를 지나
혈관을 타고 들어가
뇌에 이르더니
어떤 작용을 했는지
다음 날부터 보여서는
안 되는 것이 보이는 것이었다.

사람의 얼굴을 보면
숨구멍도 보이고
땀구멍 사이 뚫고 올라오는 습기도 보이고
심지어 몸을 이루는
여러 구성체가 보이는데
아마도 그것은 세포인가.

나를 향한
경멸이나
미묘한 욕구까지

사람은 단백질, 지방, 칼슘
그런 것으로 이루어져 있는데
아닌 것 같다.
사람을 이루는 것은
셀 수 없이 미세하게 쪼개진
감정들이다.

뇌

세 살 무렵에 아무도 없는 집에서 혼자 견뎌야 하는 시간이 있었다. 존재를 갉아먹는 허기를 달래기 위해 문자를 집어삼켰다.

여성 중앙, 홈닥터, 서양 문학 전집, 김소월 시집…….
무슨 뜻인지 모르는 기호들
하나씩 스캔해서 삼켰는데
심연 같은 깊은 곳
머릿속 어딘가
가렵지 않던 곳이 가려워지기 시작했다.

강바닥에서부터 올라오는 구름 같은 흙먼지
꾸물꾸물 간질거리는 모기 유충
담벼락을 타고 오르는 담쟁이
깜짝깜짝 지구의 중력을 느끼는 거미
냄새에 갇히는 신음
거대한 중세 드레스를 입고
팔이 빠지도록 부채질하는
유행에 맞지 않는 코드

>

기록된 것을 잊어야 하는데
절망 속에서 습득한 문자는 지워지지 않고
사망까지 망각이 없는
주고받는 전기 신호

……시각만 살아남는 사후 세계

환원

겨울 강은 기슭부터 얼어붙었다.
새들은 먼 곳에서 길을 찾는다.
길고 외로운 궤적이 하늘을 가른다.

물속의 작은 생명이
기약 없이 겨울에 갇혔다.
어두운 밑바닥에 가라앉은 말의 뿌리

물은 흐르는 곳에서 거슬러
태어난 곳으로 돌아간다.
삶인지 죽음인지 모르는
끊임없는 순환.
물방울이 땅에서 다시 하늘로 오르듯
원소가 쏟아져 대지에 내린다.

눈발이 하염없이 흩날린다.
고요한 햇빛이 반짝임을 뿌린다.
눈 속에 살아남아
소곤거리며 깨어나는 풍경

>

몸에 자리 잡은 기억은

방생되어 다시 발치에 떨어진다.

햇빛이 흐느낀다.

세상을 돌고 돌아

다시 제집으로 간다.

바람의 길

나무가 우수수 쓸리는 것을 보다가
문득 눈물이 흐른다.
내가 흘리는 것이 아닌데
속 깊은 곳에서
우러나는 눈물
시공의 겹이 스치는 순간
낯선 생의 감각이 엄습한다.
얼음 속에 갇힌 것처럼
소름이 돋으며
공간이 정지된 것 같을 때
그럴 때가 있다.
차원 속에서 놓친 순간
이유 없는 먹먹함
핏속에 새겨진 그리움
겹치는 생이 어떤 확률로 생성되는지
우주의 굴레 속에서
존재가 우주인지
우주 속의 미물인지
알 수 없어서
덧없다고 바람이 분다.

저녁

나무는 한 방향으로 서 있어.
허물 벗은 뱀이 바위틈으로 들어가.
곡식이 쓸쓸한 황혼을 머금고
새들은 마지막 낟알을 쪼기 위해 허공에 떠 있어.
하루를 메우던 색이 뒤섞여.
비릿한 냄새가 천둥이 되고
번개 치는 하늘
우산 없이 차가운 거리를
돌아다니다 주운 모퉁이 찢긴 지폐
쓰레기장에 굴러다니는 썩은 오렌지
화분에 쏟아진 얼음
구르다가 땅 위에 박힌 바둑알
당황해 전깃줄에서 떨어진 참새
빈집 장롱을 괴고 있는 책
오래 눌려 삐져나온 문자

빠짐없이 이름을 새겨.
일생을 잊지 않기 위해

저물다

창틀에 걸터앉아
해 지는 풍경을 지켜보곤 했지.
하늘은 점점 색을 잠식했어.
산기슭을 물들이던 하양 보라 도라지꽃
바람에 찰랑이던 미루나무 잎
사물의 경계를 지우며 번지는 어둠에
이미지가 흔적도 없이 스며들면
아쉬워져서 훌쩍훌쩍 울었지.
돌아오지 못할 하루가
또 어둠 속으로 사라지고
숨이 멎는 것보다 두려운 이별
언젠가는 헤어질
빛과 시각

시간은 과일이 익듯 저물어.
안녕, 다정한 사물들아.

해 설

재생을 향한 시 쓰기와 무의식적 타자

이성혁(문학평론가)

여기, 윤수하 시인의 세 번째 시집 『숨 속의 숨』 맨 앞에 실린 시 「재생의 비법」은, 이 시집의 '서시'라고 말할 만하다. 이 시는 『숨 속의 숨』에 흐르는 핵심 주제를 응축하여 미리 보여 주는 시인 것이다. 이 시집의 핵심 주제는 죽음과 새로이 살기—재생—이라고 생각된다. 삶은 죽음을 향하고 결국 무에 도달하겠지만 그 무로 끝나 버리지는 않는다. 그렇다고 시인이 생명은 윤회하니 죽음을 심각하게 두려워하거나 슬퍼하지 말자는 원론적인 말을 하는 것은 아니다. 삶의 모든 국면에 죽음이 있으며, 죽음을 넘어서는 재생이 이루어질 때 삶은 지속될 수 있다. 죽음을 어떻게 자기 것으로 하느냐에 따라 재생 여부가 결정된다. 이 시집을 읽고 윤수하 시인에게 시란 어쩌면 죽음을 자기 것으로 만드는 지난한 실천의 산물

일 수도 있겠다는 생각을 했다. 그 실천—시 쓰기—은 재생을 위한 것으로, 「재생의 비법」에 등장하는 독수리는 죽음을 자기화하면서 재생하는 방도를 모범적으로 보여 준다 하겠다. 다음은 이 시의 전반부다.

오래 쓴 날개가 무거워지고
발톱이 닳아지면 독수리는
늙은 승려처럼 깊은 바위산으로 들어간다.
너덜거리는 깃털을 다 뽑고
발톱도 뽑고
피를 철철 흘리며 있는 힘껏 다 뽑아낸다.
그런 작업은 아마도 생을 마감하는 것이리라,
풍장하듯 자기 몸을
오롯이 온 곳으로 돌려보내는 것이리라 싶지만

깊은 바위틈으로 들어간 독수리는
꽃이 피고
폭우가 쏟아지고
낙엽이 지고
눈이 쌓이는 계절 속에서
온몸을 웅크린다.
알처럼 동그란 몸은 마치
화석이 돼 버린 것 같다.

—「재생의 비법」 부분

자신의 죽음을 예감한 독수리는 “깊은 바위산으로 들어”가 깃털과 발톱을 다 뽑는다. 이러한 독수리의 행위는 마치 “생을 마감하”기 위해 “풍장하듯 자기 몸을/ 오롯이 온 곳으로 돌려보내는 것”처럼 보인다. 즉, 천천히 자살하는 것 같다. 하지만 독수리는 “알처럼 동그”랗게 “온몸을 웅크”리면서, 그 알처럼 된 몸으로부터 새로운 몸이 탄생하는 재생을 준비하는 것이다. 실제적으로는 저 독수리는 죽음을 맞이하게 될 터이지만, 그 죽음을 온몸 안에 품을 때 새로운 몸이 생성될 수 있다는 것이 이 시의 전언이다. 그러기 위해서는 삶을 살아오면서 “너덜거리는” 것들을 제거해야 한다. 그럼으로써 독수리는, ‘들뢰즈/가타리’의 개념을 빌리자면 ‘기관 없는 신체’가 된다. 시 쓰기 역시 이 시적 주체가 살면서 너덜거리는 것들, 그 기억들을 뽑아내는 작업 아닐까? 시 쓰기는 그것들을 뽑아내는 과정이자, 그 과정의 기록이 된다. 이와 함께, 시 쓰기를 통해 점차 알처럼 되는 시적 주체의 몸에서 무엇인가가 다시 생성되는 ‘기적’이 일어난다. 아래의 「재생의 비법」 후반부가 보여 주는 독수리의 재생과 같이 말이다.

> 머지않아 몸 깊은 곳에서부터 끌어 올려진
> 자연에서 받은 영롱한 분자가
> 사리처럼 뭉쳐지고
> 핏줄 하나하나에 스며들고
> 돋아나는 기적을 체험한다.

선지자가 그러하듯
새롭게 눈부신 날개를 펼치고
날카롭게 돋아난 발톱을 곧추세우고
다시 태어난 순간의
공기를 호흡하며
고개를 들어 허공을 본다.

생명의 순환 속에서
살아남는 방법은
자신의 몸을 믿는 것이다.

—「재생의 비법」 부분

'알—되기'를 통해 "몸 깊은 곳에서부터 끌어 올려진" "영롱한 분자가", 기적처럼 새로이 "사리처럼 뭉쳐지고/ 핏줄 하나하나에 스며들고/ 돋아"나기 시작한다. 하여 독수리는 "새롭게 눈부신 날개를 펼"친다. 그런데 독수리만이 저러한 재생 능력이 있는 것은 아니다. 우리의 몸, 나아가 우주의 몸은 이러한 재생의 잠재력을 갖고 있다. 그것은 우리의 우주가, 해체되고 결합되는 분자로 이루어져 있기 때문이다. 시 쓰기 속에도 어떤 재생력이 발동된다. 이 '눈부신' 재생, "다시 태어난 순간의/ 공기를 호흡"하기 위해 시인은 시 쓰기를 계속하는 것이다. 이상의 「날개」에서 주인공이 희구했던, 다시 날개가 돋아 비상하기 위한 시 쓰기. 물론 저 독수리가 보여 주는 재생은 시 쓰기의 이상일 것이다. 그리고 죽음을 넘어서기 위한 방도가 시 쓰기에만 있는 것은 아니다. 모든 사람들의 삶 속에는 재생할 수 있는 능력이 잠재해 있다.

윤수하 시인은 저 노쇠한 독수리가 역설적으로 재생의 힘을 드러내듯이, 다수적인 척도로부터 이탈하고 여러모로 고통받고 있는 이가 도리어 재생의 힘을 드러낸다고 생각한다. 그가 정신이 아픈 사람들에 주목하는 것은 그 때문이리라. 정신이 아픈 사람들은 세상의 척도를 자신의 삶에서 뽑아낸 사람들이기도 하다는 점에서 재생의 잠재성을 더 활성화시킬 가능성을 일반인보다 더 많이 가지고 있다고도 할 수 있다. 그래서 그들의 착란은 시적인 데가 있다. 물론 그들은 세상에 자신의 삶의 척도를 주체적으로 세우지는 못한 채 병으로 쓰러지고 만 자들이기도 하다.

윤수하 시인이 이들을 주목할 수 있었던 것은 정신병원에서 시 쓰기를 가르치면서였다고 한다(시인이 직접 필자에게 알려주었다). 이때 병원에서 만난 사람들을 조명한 시편들이 1부에 실려 있다("애인을 지키려 주먹을 휘둘러/ 수갑을 차고" 떠나야 했던 "마지막 제자" 이후 유령처럼 남겨진 "늙은 복서"를 조명하고 있는「늙은 복서」역시 이 시군詩群에 속한다고 하겠다). 이 시편들 중 "아이를 낳고 또 낳았"지만 그 아이를 계속 잃어야 했던 여자 환자를 조명하고 있는「거짓말」이 인상적이다.

> 사람들은 여자의 말을 믿지 않았어. 여자는 정신병원에
> 갇혔어. 항상 창밖을 보았지. 핏줄이 보이는 가는 팔목에 그

은 흉터가 어지러웠어. 약에 취해 있던 여자가 내게 말을 걸었어. 저기 걸어가는 아이가 보이냐고, 여자는 항상 출산의 고통에서 벗어나지 못했어. 아이를 낳고 또 낳았어. 그리고 아이를 잃고 또 잃었어.

빛의 산란 속에서 알을 낳는 물고기처럼 여자는 자꾸만 강물에 아이들을 흘려보냈어.

여자가 살았다던 섬마을을 찾았지. 파란 대문, 쓰러져 가는 먼지 쌓인 방에 여자와 아이들 사진이 있었어. 사진 속 아이들은 물고기처럼 빛나게 웃고 있었어. 엄마 없이 굶주린 아이들은 모두 별처럼 흩어졌다지.

정신병원에 살던 여자는 죽고 없었어. 아이들을 따라 강물로 스며들었어.

—「거짓말」 전문

여자는 출산의 고통 끝에 아이들을 낳았지만 그 아이들은 굶주려 세상을 떠나고, "알을 낳는 물고기처럼 여자는 자꾸만 강물에 아이들을 흘려보"내야 했다. 여자는 죽어 버린 아이들의 환영을 본다. 하지만 사람들은 아이들을 그렇게 낳았다는 말을 믿지 않았던 것. 그러나 "여자가 살았다던 섬마을을 찾"아가 여자의 집을 방문해 보니 정말 아이들의 사진이 있었다는 것이다. 아이들의 죽음으로 손목을 그어 온 그녀는 정신병원까지 오게 되었고 그녀 역시 이 병원에서 그녀의 아이들처럼 이 세상 속에서 "죽고 없"어지고 만다. 하지만 그녀는 완전히 사라진 것은 아니다. 여자에게는 죽은 아이들이 살아 있었던 것처럼, "아이들을 따라 강물로 스며들었"다는 표현이 이를 말해 준다. 죽은 그녀는 강물 속에 녹아들어 있다. 죽은 아이들을 강물로 흘려보내면서 그녀는 아이들이 저 강물이 되었다는 것을 안다. 그렇기에 여전히 이 세상 속에서 아이들이 흘러 다니고 있는 것을 보게 되는 것이다.

이 아이들의 모습은 그녀의 환영이겠지만, 환영으로 치부할 수만은 없는 어떤 진실을 담고 있다. 어떠한 삶도 완전히 사라지지는 않는다는 진실. 고통받다가 세상에 버림받고 죽음에 다다른 삶도 이 세상에서 완전히 사라지지 않는다. 그 삶은 세상 속으로 어떤 방식으로든 스며들며, 위의 시에서처럼 어떤 시인의 시를 통해서라도 자신의 흔적을 남긴다. 윤수하 시인은 정신병원의 환자들을 통해 그 흔적을 재생하고자 한다.

환자들의 발병 배후에는 그들에게 커다란 고통을 준 사건들이 있다. 영화《조커》에서처럼 웃음을 참지 못하는 조증 환자를 보여 주는「웃는 여자」. 이 시는 아버지가 "밭일하고 돌아오다가/ 고랑에 빠져서 죽"게 된 사건이 환자의 병을 유발했다는 것을 말해 준다.「저 먼 곳」의 "알코홀릭 남자"는 자신이 마천루에 있다고 생각하며 "스스로 격리된 공간 안에 있"다고 여긴다. 그는 "어릴 때 아버지에게/ 고막이 터지도록" 지속적으로 구타당한 기억을 갖고 있다. 그래서 "어항에 갇힌 금붕어처럼 뻐끔거"리듯이 말을 한다. 그는 "공간에 갇힌 것이 아니라/ 상처에 갇"힌 것이다.「벌레」에 등장하는 주인

공은, 그의 아버지가 "전기 아낀다고 불 끄고 살"다가 "뒷간 갔다 오다 넘어져 즉사"하자 "손가락에 코일을 심고 정신으로 동력이 실현되는 시대를 만들자고 불철주야 연구에 매달"린다. 그의 편집증도 아버지의 죽음과 그에 따른 어머니의 죽음이라는 고통스러운 사건에 따라 유발되었던 것. 결국 그의 신체가 카프카의 「변신」에서처럼 벌레처럼 변하면서, "그를 사람들은 따돌"리고 "동네 아이들은 돌을 던졌"다고 한다.

이에 윤수하 시인은, 아픈 영혼을 가진 이들의 삶이 다음과 같은 나무의 형상에 스며들어 있다고 생각한다.

> 저 언덕에 나무 한 그루
> 글썽거리고 서 있습니다.
> 나는 오래도록 그 모습을 못 잊어
> 한 번씩 가서 봅니다.
> 젖배 곯은 아이의 궁핍이
> 나무의 모습에 스몄습니다.
> 옷자락 차마 잡지 못하고 보낸 쓸쓸함도
> 나무의 그림자에 스몄습니다.
> 우주는 천천히 돌지만
> 못한 이야기를 다 들려줍니다.
>
> —「글썽」 전문

우주는 시인에게 "천천히 돌"면서 이야기를 들려주는 존재다. 온갖 삶들이 우주에는 스며들어 있기 때문이다. 그 이야기는 특별한 사물을 통해 침묵 속에서 발설된다. 그 사물이 전해

주는 이야기는 청취자에 따라 다 달리 들릴 것이다. 윤수하 시인에게는 "저 언덕에 나무 한 그루"가 그러한 사물이다. "젖배 곯은 아이의 궁핍이" 스며들어 있는 그 사물은 "글썽거리"는 얼굴로 이야기를 들려준다. 그 이야기의 정서—"옷자락 차마 잡지 못하고 보낸 쓸쓸함"—는 사물의 그림자에 스며들어 있다. 우주의 사물들에는 어떤 삶이 스며들어 있고 그 그림자에는 그 삶이 살면서 유발되는 감정들이 스며들어 있다.

자신에게 스며든 것들을 이야기하는 사물들. 이 이야기를 들을 수 있고 전할 수 있는 사람이 예술가라고 하겠다. 2부의 부제에 등장하는 예술가들은 아마 우주가 발설하는 이야기들을 제 나름의 방식으로 들었던 이들이라고 할 수 있을 것이다. 이들은 우주의 이야기를 듣고 읽으면서 이를 자신의 작품으로 표현했다. 위의 짧은 시 역시 우주의 사물에 깃든 이야기를 표현하고자 한 시인의 시도의 결과물이다. 그런데 그 예술가들의 작품들 자체도 역시 우주가 전달하는 이야기를 전달하고 있는 것이다. 우리는 그 작품들이 전하는 이야기들을 보고 듣는다. 자기 나름의 눈과 귀를 통해서 말이다.

윤수하 시인은 2부의 여러 편의 시들을 통해 예술가들이 표현한 우주의 이야기들을 자기 나름으로 보고 들으며 이를 또한 시로 표현해 낸다. 「벽의 숨」은 핑크 플로이드의 앨범 《The Wall》을 시인의 주관성과 엮어 새로이 변형하여 언어화한다. 커트 코베인의 노래와 죽음에 대한 시 「꿈과 끝」, 미국 현대무용가인 아서 미첼의 춤이 대도시 시공간을 변형시키는 환상적인 시 「발레복이 걸린 거리」도 인상적이다. 그런데 시인이 주목하는 예술가는 주로 현대 화가다. 르네 마그리트, 모리스 위트릴로, 장 미셸 바스키아, 앙리 마티스, 에곤 실레, 빈센트 반 고흐, 프랜시스 베이컨이 부제로 등장한다. 주로 표현주의 성향이 강한 화가들로, 시인은 이들의 강렬한 그림들이 들려주는 이야기를 자신의 고유한 감각으로 듣고 이해하면서 이를 언어화한다. 이 중에서, 앞에서 살펴본「글썽」처럼 나무에 초점을 맞춘 시를 읽어 본다.

누군가는 나뭇가지가
하늘을 향해 난 길이라고 했지.
별을 향해 뻗는 손이라고 했지.
한숨의 갑옷을 겹쳐 입고
나무는 세상과 세상 사이 공간
우주의 메시지를 품는
하늘에서 내리는 번개를 품어
땅으로 보내는
죽은 인간을 하늘로 보내는
무의식 속에
햇빛을 전하는 그런 원기둥

—「나무 아래 하늘」 전문

이 시를 읽고 앙리 마티스의 '나무'를 검색해 보았다. 마티스의 작품 중 〈생명의 나무〉라는 제목이 붙은 작품이 있었다. 나무를 그려 낸 단색의 스케치 작품이었다. 시인이 이 작품을 보면서 위의 시를 쓴 것인지는 확실하지 않다. 위의 시는 마티스 그림의 전체적인 인상을 그려 낸 것인지 모른다. 하지만 마티스의 그 작품을 보면, 작품 속의 나무가 위의 시가 의미화하고 있는 나무와 통한다는 것을 누구나 긍정할 것이다.

위의 시의 테마 역시 '죽음'과 '재생'이다. 나무는 "죽은 인간을 하늘로 보내는" '원기둥'이다. 그 죽은 인간은 하늘로 흩어지고는 다시 대기로 스며들어 재생할 것이다. 그 사태 역시 나무를 통해서 이루어진다. 나무는 "하늘에서 내리는 번개를 품어/ 땅으로 보내"기 때문이다. 나무가 이러한 특별한 사물일 수 있는 것은, '나뭇가지가' "별을 향해 뻗는 손"이기 때문이다. 이 별을 향하는 '나뭇가지'가 하늘과 통하는 길을 만들고, 하늘과 세상 사이에 공간을 튼다. 그리고 하늘과 대지가 소통할 수 있는 이 공간의 트임으로 인해 마련되는 세계는, 우주의 메시지가 스며들어 전달되는 매체가 되는 것이다. 시인은 이 이야기를 마티스의 그림으로부터 들을 수 있었던 것. 그 그림이 말해 주는 우주와 사물의 세계를 시인은 시를 통해 언어로 전달하고 있는 것이다.

화가를 부제로 내건 시편들은 대개 이미지의 착란적인 전개를 보여 준다(여기서 정신병자의 착란이 예술과 가까이 있다는 것을 다시 확인하게 된다). 이는 윤수하 시인이 시화詩化하고 있는 화가들의 그림들이 초현실주의적이거나 표현주의적인 이미지를 보여 준다는 점과 관련될 것이다. 하지만 꼭 이들의 그림을 보고 시를 이해할 필요는 없다고 생각한다. 시는 시 자체로서만 보고 받아들일 수 있어야 하는 것이다.

여하튼 이 시편들 중 '프랜시스 베이컨'을 부제로 달고 있는 시 「계량」의 이미지들이 강렬하다. "살과 뼈 사이에 들어 찬 바람/ 질겅질겅 씹힌 영혼/ 곱게 버려진 육신/ 바스러져 공기 중에 흩어진다"와 같은 표현들은 베이컨의 회화가 보여주는, 몸 밖으로 찢겨 나가는 듯한 살의 이미지들을 떠올리게 한다. 뼈와 살 사이에 바람이 들어차고, 살은 육신을 벗어나 해체되기 시작한다, 시체의 살이 그렇듯이. 영혼이 "질겅질겅 씹힌" 우리들은 이런 죽음을 경험하며 살고 있다. 하지만 분해되는 살은 분자가 되어 "공기 중에 흩어"지고, 이 분자는 타자의 삶 속으로 스며들어 간다. 하여 죽음은 이 세계 속으로 기입된다. 예술가는 이러한 분자를 감각하고 이를 자신 안에 받아들이면서 이를 표현할 수 있는 사람이다. 어떻게 이러한 일이 가능한가? 시인은 말한다.

> 자면서 사람은 몸을 내려놓는다. 기관지는 허공과 접촉하는 통로다. 자는 동안 사람은 생각의 분자와 교류한다. 허공에 떠돌던 미세한 생각의 알갱이들이 호흡기를 통해 몸으로 퍼진다. 사람은 잘게 분쇄된 느낌을 통해 영감을 얻는다. 물질 분자만이 세상을 이룬다고 생각하면 오산이다. 뉴런이 반짝이는 순간 주고받는 전기 신호로 숭고한 체험이 이뤄진다. 대부분은 알아채지 못하지만, 극소수 감각이 뛰어난 사람들이 허공에 떠돌던 분자가 내 속으로 들어와 내가 되는 순간을 기억한다. 문자도 생각도 점으로 쪼개져 분해되는 숨 속의 숨, 자전과 공전과 공존하기 위한 나를 이루기 위한
>
> —「ZZZ」 전문

위의 시는 윤수하 시인의 독특한 세계 인식을 보여 준다. 특히 "숨 속의 숨"이라는 이 시집 제목을 이 시 안의 시구에서 가져오고 있는 것을 보면, 위의 시는 이 시집의 핵심적 세계관을 드러내고 있음을 짐작할 수 있다. 위의 시에 따르면, 우리는 "몸을 내려놓"고 있는 잠자고 있는 동안에도 생각한다. 몸을 내려놓는다고 해서 몸이 활동하지 않는 것은 아니다. 몸을 내려놓는다는 것은 의식이 몸을 통제하지 않는다는 말이다. "허공과 접촉하는 통로"인 '기관지'는 자는 동안 '생각의 분자'를 몸과 연결하는 기계가 된다. 이는 "미세한 생각의 알갱이들"이 허공에 떠돌고 있기에 가능하다. 이 알갱이들은 "호흡기를 통해 몸으로 퍼"지면서 육화된다. 시에 따르면 세상을 이루는 것은 "물질 분자만이" 아니다. 이러한 생각의 분자들 역시 '전기 신호'를 통해 사람의 몸에 스며들기 때문이다. 이 신호는 "숭고한 체험이 이뤄"지는 순간을 만든다. 그런데 이 과정은 모두 자면서 이루어지는 것, 즉 의식에 의해 통제되는 것이 아니라 생각의 분자와 몸의 교류를 통해 무의식적으로 이루어지는 것이다.

이 생각의 분자가 무의식적으로 "내 속으로 들어와 내가 되는 순간"은, 호흡기에 의한 숨쉬기를 통해 들어온 '생각' 또는 '문자'의 분자들이 쪼개지며 만들어진다. 그것은 잠—작은 죽음이라고도 할—속에서 이루어지는 '나'의 재생이기도 하다. '나'는 "숨 속의 숨"을 통해 "자전과 공전과 공존하기 위한 나를" 새로이 이루어 낸다. 이 '자전과 공전'은 우주의 운동 원리라고 할 수 있을 터, 잠 속에서 생각의 분자들을 흡수한 나의 몸은 무의식을 형성하고, 그럼으로써 우주의 원리와 공존할 수 있는 존재자가 된다. 이 새로이 '내가' 탄생하는 순간을 대부분의 사람들은 알아채지 못한다. 하지만 "극소수 감각이 뛰어난 사람들", 즉 예술가와 같은 이들은 그 순간을 기억한다는 것이다. 그 기억은 의식을 통해서가 아니라 몸을 통해서 각인되는 기억이어서 무의식적 기억이다. 그렇기에 몸의 감각이 뛰어난 이들이 그러한 무의식적 기억을 알아챌 수 있는 것이다. 무의식적 기억은 허공에 떠다니는 생각의 분자들이 몸속에 들어와 형성된 것이므로 '타자'다. 랭보는 자신의 몸 안에 있는 이 '무의식적 타자'—"나는 타자다!"—를 의식하기 위해서는 '감각의 착란'이 필요하다고 말했다. 아래의 시가 보여 주는 착란적인 이미지들은 바로 이 무의식적 타자를 발견하는 과정이라고 말할 수 있다.

현기증 속에서 나는
나를 찾을 수 없어.
손을 뻗어 잡으려 하면
뭉그러지는 형상
꽃은 사람으로
곰으로 사자로
개로
벽면 타일에 그려진
어지러운 형상
쏘아보면 조금씩 움직이는 형상

거울 속 나는 거울 속 나 거울 속 나 거울 속 나
마트료시카 인형처럼 켜켜이 숨은 나
껍질을 벗기고 또 벗겨도
어중간한 회색 지대에서
숭고함도 잔인함도 원초적 본능도 흉내 내는
내가
의식을 놓치는 순간
숨어 있던 사물은
존재를 차지해서
나는 꽃과
곰과 사자와 개와
섞인다.

—「무의식의 꽃」 전문

시의 화자에게 세계는 벽면에 나타나는 이미지로 현상한다. 마치 플라톤의 우화 속 동굴에서처럼. 그런데 이 '벽면 타일에' 나타나는 세계의 현상은 그에게 감각의 착란을 가져오는 현기증을 불러일으킨다. 이 현기증은 주어지는 시각적 감각을 고정시키지 못하는 데서 온다. 감각에 따르는 자극에 신경—정동—이 활발히 활동하면서, 그 감각적 이미지 역시 혼란스럽게 움직이는 것이다. 하여, 그가 붙잡고자 하는 형상은 뭉그러져서, "꽃은 사람으로/ 곰으로 사자로/ 개로" 어지럽게 변신한다.

이러한 현기증 나는 착란은 '나 자신'을 볼 때도 일어난다. '나'는 거울이라는 장치를 통해서만 바라볼 수 있는 것. 화자는 거울을 보면서 '나'를 의식하고자 하지만 "나를 찾을 수 없"다. 거울의 끊임없는 역반영으로 인해 "거울 속 나"는 "거울 속 나"로 계속 분열하기 때문이다. "거울 속 나" 안에는, 마치 "마트료시카 인형처럼" 열면 계속 그 안에 들어 있는 내가 나타난다. 그 "거울 속 나"는 껍질과 같은 '나'의 이미지일 뿐이어서 진짜 내가 아니다. 껍질—이미지—을 벗기면 계속 나타나는 이미지들. 그 '나'의 이미지들 역시 벽면에 나타난 형상들처럼 어지럽게 변할 것이다. 하여, 현기증에 휩싸인 나는 나를 찾을 수 없다. 그래서 '나'를 의식할 수 없다. 그러나 "의식을 놓치는 순간"에 어떤 변화가 나타난다. 그것은 "숨어 있던 사물"이 '나'를 대신해 "존재를 차지"하게 되는 변화다. 그렇게 되자 '나'는 사물들과, "꽃과/ 곰과 사자와 개와/ 섞"이는 존재자가 된다. 나는 타자다. 그것은 의식을 놓치는 순간에 드러나므로 무의식적 타자, '무의식의 꽃'이다.

무의식 상태에 도달했을 때, 나는 사물들과 버무려진 타자로서 존재하기 시작한다. 그럼으로써 비로소 '나'는 껍질을 벗게 된다. 산속으로 들어간 노쇠한 독수리처럼, 깃털과 발톱을 다 뽑은 상태의 원초적 존재가 무의식적 타자로서의 '나'인 것이다. 우리는 여기서 「재생의 비법」과 다시 만나게 된다. 「재생의 비법」에서 등장한 독수리처럼, '나'는 어떤 재생을 기다리면서 껍질을 벗고 몸을 웅크리고 있다. 재생이란 몸 안에서 무엇인가 싹을 틔우면서 새로운 몸을 얻는 것이다. 그렇다면 시인으로서의 '나'에게는 무엇이 싹트는가. 「,」에 따르면 "싹틔울 날을 기다리는 문자 하나"가 있다. 그것은 "꼬리가 달린 문자”(「,」)다. 이 시의 마지막 연은 그 문자가 싹틔우기를 기다리는 ‘나’의 모습을 다음과 같이 묘사한다.

언 강바닥에 고개를 처박고 선 새처럼
몸을 웅크리고 기다려. 하염없이
눅눅한 몸
발효된 냄새
그래도 살아 있기에
온몸을 끌어올려 싹을 틔운다.
흙과 물 공기와 원소를 버무려
눈을 깜빡이며 기다린다.
마음은 그 자리에 있기에

—「,」부분

저 “고개를 처박고 선 새”로부터 「재생의 비법」에 등장한 독수리를 떠올리게 되는 것은 자연스럽다. 그 독수리는 다시 새로운 날개가 돋아나기를 기다리고 있었다. 이 새처럼 ‘나’는 자신의 몸 안에서 무엇인가 “온몸을 끌어올려 싹을 틔”우기를, 알처럼 되려는 듯 “몸을 웅크리고” ‘하염없이’ 기다린다. 이 기다림 속에서 몸은 점차 눅눅해진다. “흙과 물 공기와 원소를 버무”린 사물들의 혼합이 나의 몸과 뒤섞이기 때문이다. 그리고 이 뒤섞인 상태가 발효되어 거름이 되어야 싹은 틔워지기 시작하는 것. “발효된 냄새”가 나는 것은 그 때문이다. 생명은 이 싹을 틔우기 위해 “온몸을 끌어올”린다. 그것은 몸에 뒤섞여 있는 무의식적 타자의 존재를 활성화하는 것으로,

새로운 생명을 생성시키는 재생의 작업이기도 하다. 앞에서 언급했듯이 시인에게 이 싹은 문자인 것. 싹을 다 틔웠을 때 이 "꼬리가 달린 문자"는 기성의 존재와 이별하고, 즉 죽음을 완수하고 새로이 시로 태어날 것이다. 다시 말해 무의식적 기억에 녹아들어 있는 "사물과의 이별"(「사물과의 이별」)이 이루어졌을 때, 시는 새의 꼬리를 달고 하늘 위로 날아갈 테다.

"사물과의 이별"이란 '나'와 뒤섞여 '나'를 이루었던 무의식적 타자를 활성화시키고 드러내어 뽑아내는 일. 이 일을 「빈 곳」에서는 "사물의 원자와 공동의 공간을 소유하는 순간", 그 "바다처럼 출렁이는 공간에/ 낚싯바늘 던져 하나씩 끄집어" 내는 행위로 표현한다. 그런데 이어서 시인은 그렇게 사물이 빠진 공간 속에 "각종 문자와 말이 차 있는 줄 알았는데/ 사물이 나가자 텅 비었다"고 말한다. 그리고 "허공에 떠서" "나 없는 지구"인 "빈자리를 바라보"게 되었다고 한다. "사물과의 이별"은 '나' 자체도 삭제시켜 텅 빈 세계와 마주하게 만드는 것이다. 시인에게는 시 쓰기를 의미하는 '기관 없는 신체 되기', 즉 '알 되기'는 새로운 생명의 생성이 아니라 '나' 자체가 삭제되는 결과를 초래할 수 있는 것이다.

이것이 시 쓰기가 빠질 위험이 아닐까 한다. 이 생성과 공허 사이의 긴장이 윤수하 시의 양면성을 낳는 것 같다. 그의 시 세계는 철학적 인식을 바탕으로 한 시적 주체의 어떤 강한 의지가 표현되면서도 한편으로 무와 맞닥뜨림으로 인해 흘러나오는 쓸쓸하고 우울한 정서가 특징적이기도 하다. 가령, 그는 "공간이 정지된 것 같"은 "차원 속에서 놓친 순간"에 느

끼게 되는, "이유 없는 먹먹함/ 핏속에 새겨진 그리움"(「바람의 길」)을 표명한다. 이 시집의 마지막에 실린 「저물다」에서는, "사물의 경계를 지우며 번지는 어둠에/ 이미지가 흔적도 없이 스며들면/ 아쉬워져서 훌쩍훌쩍" 우는, "사물과의 이별"을 "숨이 멎는 것보다 두려"워하는 시적 주체를 보여 준다. 이와 함께 시인은 "시간은 과일이 익듯 저"문다고 말하면서, 세계의 저묾이 우주의 운행에 따른 것이라고 긍정하는 전회를 보여 주기도 한다. 그것은 슬픔이나 두려움의 정서가 세계에 대한 차분한 지성적 인식과 공존함을 보여 준다.

그래서 윤수하 시의 시풍은 드라이한 지성을 내세우는 영미 모더니즘풍의 시와는 성격을 달리한다. 그의 시의 바탕에 깔려 있는 철학적 인식은 어떤 강렬한 감정과 공존한다(그가 표현주의적인 화가와 록 음악에 관심을 표명하고 있는 것은, 그의 시의 이러한 성향과 관계 있을 것이다). 다시 말하면, 이 시집의 시편들은 정동의 강한 울림을 유발하는 이미지의 착란적인 전개를 보여 주면서도 그 바탕에는 우주에 대한 시인 고유의 지성적 인식이 깔려 있는 것이다. 그의 시의 착란의 감각과 격렬한 정동은 철학적 지성을 발동하는 사유와 연결되어 있다. 아래의 시는 지금까지 논한 이 시집의 시 세계를 압축하여 보여 주고 있는 것으로 보인다. 이 시를 인용하여 다시 읽는 것으로 이 글을 마무리하고자 한다.

겨울 강은 기슭부터 얼어붙었다.
새들은 먼 곳에서 길을 찾는다.

길고 외로운 궤적이 하늘을 가른다.

물속의 작은 생명이
기약 없이 겨울에 갇혔다.
어두운 밑바닥에 가라앉은 말의 뿌리

물은 흐르는 곳에서 거슬러
태어난 곳으로 돌아간다.
삶인지 죽음인지 모르는
끊임없는 순환.
물방울이 땅에서 다시 하늘로 오르듯
원소가 쏟아져 대지에 내린다.

눈발이 하염없이 흩날린다.
고요한 햇빛이 반짝임을 뿌린다.
눈 속에 살아남아
소곤거리며 깨어나는 풍경

몸에 자리 잡은 기억은
방생되어 다시 발치에 떨어진다.
햇빛이 흐느낀다.
세상을 돌고 돌아
다시 제집으로 간다.

—「환원」 전문